청어詩人選 269

라면 냄비
받침으로
좋을

이
복
수

시
집

도서출판
청어

시인의 말

가슴으로만 글을 쓰는 건 참 어려운 일입니다. 가끔은 현관 비밀번호를 깜박 잊어 문밖을 서성이는 내가 시를 쓴다는 것도 어쩌면 우스운 일일지도 모릅니다.

하지만 고단한 일상 가운데도 나에게 힘을 주는 유일한 것이 시를 그리는 일이었습니다.

문득 젊은 시절에 허물없는 친구들과 좁은 방에 둘러앉아 시가 어쩌고 사랑이 어쩌고 하다가 출출하면 라면을 끓여 후후 불며 이마 맞대고 먹던 때를 떠올립니다.

순수함으로 세상을 바라보던 그때처럼 친구와 이야기하듯 편안하고 담백한 글을 쓰고 싶었습니다. 책장에 꽂혀있는 것보다 식탁에서 뒹굴다 쉽게 손에 잡히는 혹은 아침 화장실에서 눈이 심심할 때 손 가까이 있으면 좋을 그런 책으로 엮고 싶었습니다.

하지만 때로는 유치함으로 때로는 고루함으로 세련되지 않은 표현 등으로 저의 부족함을 실감하였기 때문에 저의 이야기를 글로 표현하는 것은 더욱 큰 용기가 필요했습니다.

그럼에도 순간순간 떠오르는 그 가려움은 숨길 수 없어 오랜 시간 마음 보듬으며 고민하고 위안하고 또 자책하면서 시집을 엮었습니다. 너그러운 미소로 읽어 주시면 고맙겠습니다.

허기짐과 공허함을 따뜻한 포만감으로 채워주는 라면처럼 허전한 누구에게 가벼운 미소로 위안을 드릴 수만 있다면, 이 시집이 뜨거운 라면 냄비 받침으로 사용하여도 정말 좋겠습니다. 감사합니다.

차례

시인의 말 • 3

제1부. 인생

어쩌면 • 8 ㅣ 인생 • 9 ㅣ 예감 • 10 ㅣ 눈 내리는 산사 • 11 ㅣ 자아 • 12
그가 떠난 자리 • 13 ㅣ 의미 • 14 ㅣ 거짓말 • 15 ㅣ 길에서 • 16
부부 • 17 ㅣ 짝 • 18 ㅣ 귀머거리 • 19 ㅣ 일기예보 • 20 ㅣ 파도 • 21
금고 • 22 ㅣ 이별 • 23 ㅣ 파도 2 • 24 ㅣ 애완견 • 25 ㅣ 너를 보며 • 26
11월 • 27 ㅣ 난로 • 28 ㅣ 길 • 29 ㅣ 단풍, 그리움 • 30 ㅣ 단풍, 상처 • 31
단풍 속으로 • 32 ㅣ 단풍으로 • 33 ㅣ 단풍, 무섭다 • 34
단풍, 그 빛깔로 • 35 ㅣ 단풍, 기다림 • 36 ㅣ 단풍, 어차피 • 37
단풍, 봄부터 • 38 ㅣ 단풍, 너뿐이랴 • 39 ㅣ 단풍, 아침 • 40
맥문동 • 41 ㅣ 자산홍 • 42

제2부. 몽돌 해변으로 오세요

중화전 앙곡 • 44 ㅣ 아 광명문 • 45 ㅣ 석어당 • 46 ㅣ 마로니에 • 47
마로니에 2 • 48 ㅣ 마로니에 3 • 49 ㅣ 조춘삼월 • 50
우중 중화문 • 51 ㅣ 중화전 풍경 • 52 ㅣ 덕수궁에서 • 53
대한문, 열세 번째 기둥 되어 • 54 ㅣ 시위 • 56 ㅣ 창엽과 낙엽 • 57
사간동 두가헌 • 58 ㅣ 통명전에서, 인현 • 59 ㅣ 모란으로, 옥정 • 60
프란치스코 • 61 ㅣ 비 오는 정동길 • 62 ㅣ 선암매 • 64 ㅣ 선암와송 • 65
선암매 2 • 66 ㅣ 선암사 깐뒤 • 67 ㅣ 몽돌 해변으로 오세요 • 68
공룡능선 • 69 ㅣ 서소문 공원에서 • 70 ㅣ 카인을 원망하며 • 72
아총 • 74 ㅣ 평원을 기리며 • 75 ㅣ 자야독백 • 76

第3부. 중독

4월 1일 • 78 ㅣ 사람과 사람 • 79 ㅣ 낙엽 • 80 ㅣ 두 부류 • 81
잠 못 이루는 사람들 • 82 ㅣ 장년 • 83 ㅣ 바람이 분다 • 84 ㅣ 낙엽 2 • 85
중독 • 86 ㅣ 나비가 온다 • 87 ㅣ 쑥부쟁이 • 88 ㅣ 배롱 • 89 ㅣ 시장 • 90
나에게 • 91 ㅣ 중년(여) • 92 ㅣ 중년(남) • 93 ㅣ 새 한 마리 • 94
관점 • 95 ㅣ 도시 매미 • 96 ㅣ 약속 2 • 97 ㅣ 위선 • 98 ㅣ 약속 • 99
가난한 남자 • 100 ㅣ 까치밥 • 101

第4부. 수국

꿈 • 104 ㅣ 수국 • 105 ㅣ 어머니 분꽃 • 106 ㅣ 찔레꽃 • 107
송기 • 108 ㅣ 사랑니 • 109 ㅣ 한여름 밤 • 110 ㅣ 예닐곱의 기억 • 111
이맘때쯤이면 • 112 ㅣ 그냥 그런 줄 알았습니다 • 113
코피 흘리던 날 • 114 ㅣ 휴지 • 115 ㅣ 들꽃 • 116 ㅣ 사월엔 • 117
말하지 않아도 • 118 ㅣ 고백 • 119 ㅣ 매화, 너처럼 • 120 ㅣ 담쟁이 • 121
상사화 • 122 ㅣ 벚꽃 • 123 ㅣ 드라이플라워 • 124
시들지 마라, 꽃이여 • 125 ㅣ 가지마다 목련 꽃이 • 126 ㅣ 봄날 • 127
가을꽃은 핀다 • 128 ㅣ 쑥부쟁이 2 • 129 ㅣ 쑥부쟁이 3 • 130
상사화여 • 131 ㅣ 눈발 • 132 ㅣ 그 자리엔 • 133 ㅣ 나는 다툰다 • 134
낙타가 달린다 • 135 ㅣ 마두금 • 136

第5부. 나는 없다

강 • 138 ㅣ 동행 • 139 ㅣ 우리 손잡고 걸어요 • 140 ㅣ 피아노 • 142
그대 나를 몰라도 • 143 ㅣ 불계지주 • 144 ㅣ 대관령 • 145
밥만 먹는다 • 146 ㅣ 뒤돌아보지 마라 • 147 ㅣ 그대로 두어라 • 148
사는 게 다 바람이다 • 149 ㅣ 나는 없다 • 150 ㅣ 그 골짜기에서 • 151
선생님 • 152 ㅣ 선생님 2 • 153 ㅣ 상고대 • 154 ㅣ 눈부시게 맑은 날 • 155
사는 이유 • 156 ㅣ 낙엽 3 • 157 ㅣ 눈사람 • 158 ㅣ 나야 모르지요 • 159
사다리 • 160 ㅣ 잠 못 이루는 밤 • 161 ㅣ 새벽 • 162 ㅣ 기다림 • 163
석주 길에서 • 164 ㅣ 그 여자 • 165 ㅣ 참을만하거든 • 166 ㅣ 추위 • 167

제1부

인생

문득
찾아와서
문장에 쉼표
찍는 일

어쩌면

밀어도 밀어도
열리지 않던 문
살짝 당기니까
덜컥 열렸다
물러설 줄 알아야
나아갈 수 있음을

당겨도 당겨도
오지 않는 너는
살짝 밀어 보면
어쩌면

인생

이해할 수 없는 물음표만 수없이 붙들고
쉼표 한번 제대로 찍어 보지도 못한 채
문득 찾아와서 문장 마침표를 꾹 찍는 일

예감

꽃잎이 파르르 떨린다
바람이 찾아왔나 보다

꽃잎이 미소 지었다
바람이 속삭이나 보다

꽃잎이 이슬을 물고 있다
바람이 훌쩍 떠나갔구나

그 사람 눈빛이 흔들렸다
다른 사랑이 오나 보다

눈 내리는 산사

눈 오는 날은 부처님도
마음이 설레시는지
절 마당에 발자국만 찍으시네
산중 얼마나 외로우셨으면
가지 말라고 하얀 눈으로
길을 덮고
차를 막고
돌아가는 걸음마저 잡으시네

자아

몽롱하게 퍼지는 약 기운이
머리를 돌아 눈꺼풀에 주저앉는다
가물가물 사라지는 의식

깨어보니
붙들고 있던 것이 내가 아니었음을
원래 나는 없었구나

그가 떠난 자리

그 사람 떠나고
남긴 술은 다 마셨다
술병과 술잔과 그리고 나
껍데기 세 개가 뒹군다

술병엔 노래를
술잔엔 눈물을
채워지지 않는
텅 빈 하나 결국 쓰러진다

의미

의미를 부여하지 않으면
의미 있는 시간이란 없다
의미를 부여하지 않아도
의미 없는 시간이란 없다

거짓말

거짓말 한 꾸러미 내려놓고
참말인 듯 입으로 포장한다
위에 부릅뜬
두 눈이 보는데도 말이다

참, 눈은 벙어리였던가

길에서

이제 별은 숲 속 마을로 내려앉고
지나온 허름한 길 위에서
바람은 깊은 우물 속에 빠져 들었다

뜨겁게 태우던 불꽃 같은 가슴으로
준비도 없이 시작된 나의 질주는
속도를 감지하지 못해 과속하고 있다

주름으로 파고드는 오류의 시간들
날마다 가려움들은 가시로 돋아난다

내 마음속에 내리던 사월의 비는
산을 적시고 강을 지나 이제 바다로
머물지 않는 강물로 걸어가고 있다

부부

그 여자는 자식 때문에 참고 산다고
그 남자는 처자식 때문에 죽고 산다고

어쨌든 둘은 같이 산다

짝

짝 없는 건 서럽다
양말이 그렇고
젓가락이 그렇다

나도 그렇다

귀머거리

입으로 하는 말은 귀로 듣고
가슴으로 하는 말은 마음으로 듣는다

온 가슴으로 하는 말조차
듣지 못하는 이는
소리만 듣는 귀머거리이다

일기예보

눈이 내리다가 비가 온다
바람 불고 천둥치고 다시 하늘이 맑다
지랄 맞은 변덕은
너와 나만의 문제도 아니었구나

파도

잡지 못해 아픈 사랑
가지 못해 우는 사랑
해변에서 껴안고 운다
이만치 왔다가
또 저만치 간다
헤어지지 못해 껴안고
퍽퍽 소리 내어 운다

금고

가장 안전한 곳
가장 깊숙한 곳
움직일 수 없는 무게감
열리지 않는 가슴 팍
넘어져도 부서지지 않는
결코 깰 수 없는 약속
그 모든 것 결코
너를 위함이 아니었다

이별

그 사람 말없이 떠났다
흔적도 없이 떠나갔다

늘 그 자리에 머무를 것 같았던
그 사람
봄날 눈사람처럼
흔적도 없이 녹아서 사라졌다

파도 2

밀려와서 부서져도
또 밀려오고
부서지고 밀려가도
또 밀려오고
삶의 고단한 맥박이
여기에도 있다

힘겨움에 울부짖는
가슴 뜨거운 이여
아파도 멈추지 않는
끝없는 노래
쿵쿵 쾅쾅 가슴도
여전히 거칠게 뛴다

애완견

털은 자르고 옷을 입혔다
영어 이름 하나 얻고
목소리는 통째로 거두었다
미련 없이 거세되고
나비 리본 목에 달랑거린다

스스로 엄마라고 부르는
교양 있어 보이는 견주
흔드는 꼬리에
애정 넘치는 눈빛으로
자랑이 사랑인양 입 맞춘다

너를 보며

넌 꽃 보며 미소 짓고
꽃은 너 보며 웃음 짓고

네 눈에 꽃이 씨어난다
내 맘에도 사랑이 핀다

찰깍

사랑스런 꽃들을
가슴 가득 담았네요

11월

낯선 사람이라도…
옆에 세워두고 싶다
붙잡아 두고라도
그 옆에 서 있고 싶다

나란히 서있는 11월엔
꼭 둘이
마주보며 웃어보고 싶다

난로

더울 땐 잊은 듯이 내팽개치더니
차갑게 식으니 달라붙고 생난리네
얄미워 밀쳐내 보고도 싶지만
모질지 못한 놈 또 먼저 달아오르니

길

지나온 발자국 위에 눈이 내렸다
건너온 돌다리는 물에 쓸려 내려갔다
앞을 향해
끝없이 계속 가야만 하는 이유이다

단풍, 그리움

여름 성성히 서슬 푸른 잎
기어이 화려한 욕망으로
진력을 다해 절정을 맞는다

지난 그리움을 줍는 사람들
어쩌면 이리도 고울까
단풍이 걸린 하늘을 본다

단풍, 상처

아픔을 겪어본 사람은 안다
자세히 들여다보면
꼭 닮은 흔적이 있다는 것을
멍든 눈빛
떨리는 몸짓 꼭 잡고
기억 갈피 속에 간직한다

단풍 속으로

단풍 속으로 걸어간다
바람도 없는 눈부신 아침
한 사람
단풍 숲 속으로 들어갔다

단풍이 되었나
한림(寒林)으로 들었나
그 사람
저물도록 나올 줄 모르네

단풍으로

눈치 채지도 못하게 살며시
한발 한발 뜨겁게 물들어 간다
너에게 다가가는 것처럼

숨소리도 들리지 않게 조용히
한잎 한잎 꽃으로 내려앉는다
나에게 다가오는 너처럼

단풍, 무섭다

단풍빛이 짙어지면
가을은 무섭다

충혈된 눈빛으로
노려보는 잎사귀들
화살나무 끝마다
피에 흥건히 젖어있는
검붉은 얼굴들이
처연하고 섬뜩하다

기억의 마지막
피맺힌 절규들이었다

단풍, 그 빛깔로

너에게 물든다
빨갛게 젖어 드는 단풍으로
나에게 물든다
노랗게 미소 짓는 꽃잎으로

타오르는 이 가을
우리도 아름답게 물들이자
아무도 몰라보게 감쪽같이
우리만 아는 그 빛깔로

단풍, 기다림

잎들이 물들어가네
그대 기다리듯 천천히
단풍이 떨어지네,
그대 갈 듯이 서두르며

예쁜 빛깔로 오시라
화려하고 농염하게
붉은 맘으로 머무르시라
오래도록 내 안에서

단풍, 어차피

어차피 물들 바에야
붉은 입술로 요염하게 물들 일이지
남이사 보건 말건
눈에 띄게 살짝 흔들어 줄 일이지

어차피 떨어질 바에야
화끈하게 뚝 떨어져 줄 일이지
남이사 오든 가든
아름다웠다 미소로 돌아설 일이지

단풍, 봄부터

나른한 봄볕에 살금살금 연둣빛으로
겸손보다 눈치껏 삐죽이 막 기어나온다
곧이어 눈치 없이 파랗게 풀물 배어든다

여름에 지쳐 누구인지 모르지만
찬바람 한줌만 스쳐도 바짝 약 오르듯
노랗게 이내 빨갛게 낯빛 바꾸기 급하다

어느 솔깃한 바람에도 흔들림 없이
변명은커녕 소소한 욕심조차 없는 듯
늦가을에도 봄꽃인 듯 붉기만 하구나

단풍, 너뿐이랴

끓어오르는 것이 너뿐이랴
가슴 타는 것이 어찌 너 하나랴
눈만 돌리면 낯빛 바꾸고
멍든 가슴이라고 막 내보이고

그깟 더위에도 제 성질 못 이겨
붉으락 푸르락 맘 바꿔 쌌더니
찬바람 숭숭 옆구리 스치는 날
돌아보지 않고 뚝 정을 떨구네

단풍, 아침

깨끗이 비질한 마당에 소소히 단풍 진다
눈감은 바람조차 맥 놓고 귀 기울이듯
초록 맥문동 잎 위에도 단풍 내려놓네

타는 듯 붉은 온기 아직 가슴에 안은 채
소리 없이 떨어지는 가장 아름다운 그날
떨어지는 단풍 어찌 바람 탓만 이겠는가

맥문동

마른 땅 애써 비집고
맥문동 젖니는
뾰족뾰족 입 돋는다

내일이면
그 사람 내게 말 걸어 올까
쫑긋쫑긋 귀도 세운다

자산홍

이슬 한입 머금어
더욱 붉은 입술
무얼 바라
쏘옥 내밀고 있나

못 본 척 수줍은 듯
미소 짓던 연산홍
싱글싱글
벌어지게 웃는구나

제2부

몽돌 해변으로
오세요

몽돌이 모래가 될때까지
아픔 후련하게 잊을때까지
매일 밤새워 대신 울어줄
닳은 돌 하나 놓고 가세요

몽돌 해변으로 오세요

중화전 앙곡

너무 탱탱하지 않게
그러나 축 늘어지지도 않게
아주 적당한 장력과
남 편한 여유로움으로
그냥 뛰어 넘고 싶은 줄넘기
하지만 가장 유려한 곡선

그대 저 끝은 잡으시면
난 이 끝을 잡으리다
너무 긴장되지 않게
그러나 느슨하지도 않게
세상 뛰어넘기 딱 좋을 만치
우리 인생도 이와 같았으면

아 광명문

석재를 다듬는 맑은 정 소리가
덕수궁의 아침을 서둘러 맞는다
지치도록 먼발치에 비켜서서
말없이 바라만 보던 기억들 위에

참을 수 없던 지루한 침묵을 깨고
먼 귀향길을 이제야 돌아서 간다
해묵은 낯선 때는 깨끗이 씻고서
돌 하나까지 새로이 옮겨 세우네

용서할 수 없음까지 가슴에 안고
다시는 깨지지 않는 금강이 되어
제국의 그날 본래의 그 이름처럼
밝은 빛으로 수만 년을 비추리라

석어당

누마루에 올라 들창문을 열고
아스라이 사라져가는
피보다 아픈 눈물을 바라본다

서소문 너머 하늘에는
기다릴 수 없는 그림자 하나
연기처럼 바람 속으로 사라진다

눈물 떨어진 가슴속엔
세상 태워버리고도 남을
끓어오르는 불로 활활 타오른다

용서란 없다 용서란 없다
절규보다 커다란 세월 뒤에도
점점이 섬돌엔 눈물이 새겨졌다

이젠 아무도 남아있지 않는 곳
살구꽃 바람에 흩날리는 날에는
아직도 피 한 점씩 바람에 날린다

마로니에

뚝 하고 하루가 떨어진다
철퇴를 꿈꾸었나
사람들은 무서워 하늘을 피한다
다섯 손가락으로는
감싸 안을 사랑이 부족하였는지
일곱 이파리 보듬고 서로 맞비빈다
이제 기억마저 희미해진
떠나온 화란이 그리워서였나
다정스레 손 잡아주던
옛 님의 미소를 못 잊어서였나
뚝 하고
눈물처럼 또 한 해가 떨어진다

마로니에 2

바람불면 덤덤한 미소로
비 오는 날이면 따스한 웃음으로
함께 또 하루를 넘기고
같은 꿈으로 잠든다
오롯이 하나가 되기를
서로를 위해 어깨를 비워놓았다
이제 돌아갈 곳도
뒤돌아볼 곳도 없는
기억들만 점점 자라나고 있다
지난 어릴 적 꿈들이 실려오는
서풍에 귀 기울이며
그리운 이들에게 들려줄 이야기를
실어 그 바람에 날려 보낸다
미술관 옆 작은 구릉이
우리들의 고향이라 여기며
부둥켜안고 천 년을 꿈꾼다

마로니에 3

손 내밀어도 닿을 수는 없다
얼마나 더 기다리면 하나가 될까
하얗게 잊혀진 시간 뒤에도
우리는 이렇게 바라만 보고 있다
몇 발자국 짧은 거리가
돌아온 백 년의 걸음보다도 멀다

껴안을 순 없어도 바라볼 수 있어
다행이라 여기기엔 서로 아프다
너의 손짓 너의 쓴 미소에도
여전히 부어오르는 관절염 같지만
그래도 네가 있어 참을만하다고
세월 앞에서 또
뚝 하고 관절 하나 부러져 내린다

조춘삼월

춘삼월 덕수궁은 온통 아우성이다
원추리 비비추 언 땅을 뚫는 소리
산수유 라일락 잎눈 움트는 소리
중화문 낙숫물에 모여드는 새소리

불그레한 볼 서로 미소로 바라보며
들릴 듯 말 듯 젊은 연인들의 속삭임

어제는 쏜살같이 낙엽 쫓으며
대한문 밖으로 내달리던 바람
오늘은 뒷짐 지고 저만치 서 있네

우중 중화문

비는 서둘러 봄을 재촉하는데
바람은 겨울 끝자락을 붙드네

추녀에서 떨어진 낙숫물은
얼듯 말듯 길을 잃고 제자리에

이 비 그치는 내일 아침이면
몽중 황매 눈이라도 비빌는지

중화전 풍경

중화전의 처마 선은 함박 미소다

살며시 올라간 입꼬리처럼
양 볼에 들어 올린 추녀마루

봄볕에 가지런히 치아 드러내며
들릴 듯 허허 큰 할배 웃음소리다

덕수궁에서

겨울 뒤에 미소 짓는 따스한 한 점 바람
석어당 뜰 앞에서 새파랗게 질렸다

소슬 소슬 내리는 비 봄비인가 했더니
낙엽이 소스라치게 정전 뜰로 쫓겨가네

궁 숲 어딘가 까치들이 울어대는 걸 보니
올 봄이 응봉자락에서 기웃 거리나 보네

대한문, 열세 번째 기둥 되어

금천교 지나 중화문 가는 길
숨 막히게 어지러운 수수꽃다리
혼자 막 움 틔우는 모란 꽃망울
봄볕은 시난 기억마저 혼미하다
그 봄날이 마지막 영화였던가
짧았던 나날들이 꿈결같았다고
애써 태연한 척 두 눈 꼭 감고
봄을 향해 침묵의 미소만 짓는다

다시 돌이킬 수 없어 절망하던
을사년의 울분을 어찌 잊을까
겨울바람은 칼끝처럼 예리하게
아직도 가슴팍을 스스로 찌르고
한 여름 무더위가 오기도 전에
시뻘건 송진으로 충혈되는 눈물
세월이 가도 지워질 수 없는
옹이로 박혀 그날을 기억하고 있다

빨갛게 가을이 물드는 오늘
재잘대는 아이들은 줄지어 찾고
연인들의 속삭임은 미소로
젊은 부부는 다시 노부부로 와
웃음 지으며 옛날로 돌아가는 곳
큰 가슴 활짝 열고 꼭 안아주듯
할배의 큰 미소로 맞이하는 문
오늘도 나는 그의 곁에
열세 번째 기둥이 되어 서있다

시위

우루루 몰려다니는 낙엽들
서로 끌어안고 또 밀어내고
쫓기듯 구르다가 흩어진다
내한분 안팎은 늘 부산하다

비켜설 줄 모르는 고집불통
찢어지는 소음들만 무성하다
한바탕 비라도 흠뻑 내렸으면
대한문은 하루가 힘에 겹다

창엽과 낙엽

여린 잎사귀 떨어져 길 위에 구른다
밟히는 아픔에도 침묵으로 잊혀진다
무심한 바람은 벌써 길을 쓸고 있다

해 지난 낙엽들 패거리로 뛰쳐나와
세상 바꾸겠다고 소란스레 난리다
침묵하는 푸른 잎이 보는데도 말이다

사간동 두가헌

샛문 사이로 비치는 자화상
닮아가는 쓸쓸함이 아프구나
같은 날 같은 하늘도 무너지고
실투의 눈빛은 연민의 눈물로
시린 가슴까지 비비며 살아가네
둘이면 외로움마저 덜어질까
서로를 바라보며 세월을 넘긴다
외로움은 견디는 것이 아닌
병 인영 함께 품고 살아가는 것
무너진 하늘 끝엔 어처구니만
멈춘 시간 위로 흰 눈이 쌓인다

통명전에서, 인현

차마 그 이름 부르지도 못함에
돌아서 우는 것조차 힘에 겨운 일
마음은 아직 님 품에 머물렀는데
꽃잎은 뚝 떨어져 물위에 흐르네
돌아보아도 다시 뒤돌아보아도
밀려가는 길엔 봄꿈만 아득하구나
님의 성난 얼굴보다 더 무서운 건
꿈 같은 시절 아득히 잊혀지는 일
잊지 마소서 잊으시지 마소서
아직도 미우시어 부르지 못하시면
저의 꿈에서라도 찾으소서
님의 꿈에서라도 반기소서
영원한 꿈에서는 헤어지자 마소서

모란으로, 옥정

불꽃으로 타오르는 한 송이 모란 꽃잎
붉은 빛이 물들도록 해만 바라보노라
한 여름 열기로 끓어오르는 이 심장이
사그라들지 않는 겁 없는 나의 욕망이
어찌 부귀를 탓하랴 영화를 버리랴
한 모금 감로주의 대가가 피 눈물이어도
웃음으로 기꺼이 그 눈물을 삼켜주리라
영원히 깨지 마라 이 달디단 영광들이여
찬란한 이날이 죽음보다 더 모질지라고
후회하지 않으리라 원망하지 않으리라
눈부신 날들은 지지 않는 이야기가 되고
화려한 사랑은 시들지 않는 꽃이 되었다
떨어진 꽃잎 아직 저리도 붉기만 한데

프란치스코

아침이면 그의 손을 잡으러 간다
마지막 한 송이 남은
창백한 수국 꽃을 살짝 들어올리고
새벽에 내린 가을비에 젖어있는
청동 빛 작은 그의 왼손을 잡는다
세상이 온통 흰 눈에 덮인 날부터
가난한 정신마저 삶을 것 같았던
내 힘겨웠던 걸음의 여름날에도
아무 말 없이 손을 내밀어 주었다
목이 휘어지게 하늘만 쳐다보며
두 손 펼쳐 안아줄 듯 그 손끝에는
섬뜩하게 차가운 온기가 전해온다
청빈함을 아프도록 다 잡아 쥐어도
매일 매일 또 늘어지는 욕심들은
하찮다 여기기엔 너무 크게 자랐다
은행잎 흩어지는 정동길 수도원 앞
내가 가진 넘치는 것들을 확인하러
가난함을 사랑한 그를 만나러 간다

오늘도 욕심 없는 하루 되게 하소서

비 오는 정동길

비 오는 날엔 정동길을 걸어요
둘이면 더 없이 좋겠지만
혼자 걸어도 외롭지 않아요
꽃이 있는 작은 찻집을 지나
풍금소리 들리는 교회당 담장을 따라 걸으면
저 멀리 누군가
마치 나처럼 혼자서 걸어 올 것만 같은 길
비 오는 날엔 정동길을 걸어요

비 오는 날엔 정동길을 걸어요
오랜 연인들이 걸어도 좋겠지만
처음 만난 사람과도 어색하지 않아요
나지막이 흐르는 갓 구운 바게트 향기 따라
젊은 수사의 미소 같은 수도원을 지나면
이 길이 끝나기도 전에
둘이 손잡고 걸을 것만 같은 길
비 오는 날에 정동길을 걸어요

비 오는 날엔 정동길을 걸어요
젊은 연인이 아니더라도
옛일을 추억하며 걸어도 행복할 수 있어요
구부정한 덕수궁 돌담길을 따라
비스듬히 미술관 길을 올라 뒤돌아보면
함께 지난 시간들이
가슴을 따뜻하게 할 것만 같은 길
비 오는 날엔 정동길을 걸어요

쓸쓸해서 아름다운 여기 정동길을 걸어요

선암매

선암사 매화는 홀로 흐드러지는데
무심한 노승은 먼 산만 바라보네

매향은 골짜기 따라 봄볕을 깨우고
바람에 실려온 새소리는 꽃잎 흔드네

처진 어깨 힘겹게 지고 오르는 이여
발자국소리 벗어두고 맨발로 드시게

바람이야 불든 말든 내사 알리 없지마는
꽃잎 질까 내 마음이 이리도 조린다오

홀로 신 벗어 들고 두 눈마저 감으니
땡그랑 풍경소리 중생을 깨우는구나

선암와송

선암사 와송은 왜 누웠는지
바로 보려면 몸을 낮춰야 하느니

육백 년의 세월에 이제 지치셨나
수도의 고행도 늙어 힘에 부치셨나

중생의 흰소리에도 귀 열어놓고
반 눈으로 참선 정진 중이시구나

선암매 2

선암사 매화 말없이 지는데
바람도 숨죽이며 바라만 보는구나

선암사 매화 바람에 쓸려가네
두 손으로 고이 흙으로 재우는구나

서러워 마라
서러워 마라

꽃잎지고 뜨거운 그 유월이 되면
너 본 듯 주렁주렁 꿈이 영그리라

선암사 깐뒤

선암사 뒷간은 깐뒤로 읽는다네
뒷간이든 앞간이든 다르지 않음에
깐뒤에 가는 일 또한 수행 임으로

선암사 뒷간 현판은 법문이라네
비워야 비로서 채울 수 있음으로
욕심을 비우고 마음도 비우라는

몽돌 해변으로 오세요

상처받아 울고 싶은 사람
마음껏 울 수도 없었던 분
파도에 휩쓸리는 해변의
몽돌 소리 들으러 오세요

울고 있는 그들도 그대처럼
스스로 상처내진 않았어요
부딪치고 꺾이는 고통이면
그들처럼 아프다 말하세요

그래도 견디기 힘이 들면
바다 향해 소리쳐 보세요
또 그대 이름 크게 부르고
널 사랑한다 외쳐보세요

몽돌이 모래가 될 때까지
아픔 후련하게 잊을 때까지
매일 밤새워 대신 울어 줄
닮은 돌 하나 놓고 가세요

공룡능선

바위는 솟구쳐 하늘을 찌르고
비는 바위 깎아 계곡으로 파고 든다
억겁 세월이 씻은 흔적 위에
봄꽃처럼 한발 한발 가쁘게 오르니
새벽 운무 한 순배 휘돌아 걷히네

하늘아래 기암절벽 여기다 모인 듯
세상 빛깔 모두 섞어 뒤엎어 놓은 듯
눈 안엔 절경이고 눈밖엔 선경이네
전생에 내 무슨 공덕 쌓았기에
타는 범봉마저 눈 아래에 두었는지

미소도 향낭도 새초롬히 감추어 놓은
적의홍상(赤衣紅裳)에 돌아선 백옥가인(白玉佳人)이여
이두(李杜)라도 노래로는 다 못할 자태여
한 열흘을 눈 감아도 배부를 두 눈에
늦은 노을 담고 차안(此岸)으로 내려선다

서소문 공원에서

달이 떨어지고 물이 솟구치는 곳에
칼춤으로 홀연히 사라진 이슬이
이 아침 꽃잎에 다시 반짝이누나
그대 이름 위에 피어나는 꽃
오월의 장미보다도 더 붉은 빛으로
동지에 핀 서리보다 차가운 넋으로
깨달은 자의 밝은 눈빛은
차마 바라보지 못하고 고개를 돌린다
말하면 깨질 것 같은 약속
앙 다물고 펄떡이는 심장 내주었다

뚝하고 꽃은 떨어지고
흰 적삼 위에 점점이 다시 피어나
땅을 적시고 강을 적시고
그리고 온 세상을 빨갛게 적시고
오늘 우리들 가슴으로 울컥 들어왔다
침묵의 매서운 눈빛으로 돌아왔다

거스를 수 없는 금지된 언어의 독백
타는 불빛에 사라질 줄 알면서도
마지막 반짝이는 눈빛으로 왔다
수만 번 사라져도 다시 또 일어나는
작은 빛으로 작은 울림으로
다시는 꺾을 수 없는 꽃으로 여기에 왔다

문산행 열차가 숨죽이며 지나간다

*이승훈의 절명시 월낙재천 수상지진(月落在天 水上池盡)에서

카인을 원망하며(서대문형무소에서)

어찌하여 힘없는 혈육을 죽였는가
신조차 흉내 내지 못할 참혹함이여
아무리 내일을 모르는 어리석음일지라도
같은 인간이기에 차마 볼 수조차 없는
죄스러움의 현장이 여기에 널브러져 있다
누가 법의 이름으로 이들을 단죄 하였는가
누가 만든 죄명으로 이들을 처단 하였는가
인간답게 살기 위한 참 언행이
함께 잘 살기 위해 꿈꾸는 이념이
죽음에 이르게 하는 것이 참된 법이었던가
고문의 비명 소리가 짜릿하게 들렸는가
수많은 피의 잔이 그토록 달콤하였는가
이제 모두들 흙으로 돌아간 지금
이제 만족하는가
죄는 비록 흙으로서 용서 했을지라도
사람 끝날까지 영원히 씻을 수 없으리라

꺾으려 해도 꺾을 수 없는 것이 여기에 있다
굳은 의지와 신념
죽음으로 꼿꼿하게 새로이 일어설 따름이다
인간을 위해, 인간의 존엄을 위해
그냥은 얻어지지 않는다는 자유를 위해
찢기며 피 흘린 투쟁의 흔적이 여기에 있다
어찌하여 힘없는 혈육을 죽였는가
어찌하여 성한 너의 팔마저 잘랐는가
어찌하여 지금껏 진실을 방치하는가
나는 오늘
삶과 죽음의 허무함에 가슴이 무너져 내린다

아총

그 골짜기의 바람은 오뉴월에도 얼음장 같다
지난겨울 어설프게 묻은 돌무덤 틈 사이로
야윈 냉이 꽃 한 송이 삐죽이 손을 내밀었다
그날처럼 바람을 뚫고 외마디 새 울음소리 들린다
새끼 잃은 어미 새 한 마리는 온 산을 헤매고 있다
어머니 손길이 스치던 가슴 위를 짓누르던 서러운 무게
뚝뚝 떨어지던 눈물은 꽃잎이 되어 바람에 날린다
아우야 여기는 춥단다
꽃잎이 바람에 날려도 여기는 무지무지 춥단다
눈물은
이제 꽃이 되고 노래가 되고 바람이 되었다
덩그러니 옆을 지키고 있는 업혀 왔던 지게처럼
처음 왔던 곳으로 푸석푸석 말없이 돌아가고 있다

평원(송계백)을 기리며

그날의 떨림이 여기에 있다
심장이 터질 듯 가슴 요동치는 떨림이 있다
붉게 젖어가는 하얀 적삼들
견딜 수 없는 울분의 떨림
침묵할 수 없는 피의 떨림이 여기에 있다

적의 심장 깊숙이 찔러 전하리라
우리 굴복하지 않으리라
우리 다시 되찾으리라고
가슴에 흘러내리는 피를 안고 두 손 치켜들어
외치는 분노의 함성이 되었다
멈출 수 없이 끓어오르는 뜨거운 피로
삭풍에 맞서서 기어이 움트는 새싹으로
계절이 가도 결코 지지 않는 꽃으로 피어났다
그 떨림은
멈추지 않는 힘찬 심장의 박동으로
가슴에서 가슴으로 번지는
뜨거운 불꽃으로 남아
아직도 우리들 가슴에 살아 펄떡거리고 있다

자야(子夜)독백

꿈이었나, 그대 만났던 그날이 꿈이었으리라
눈 나리던 그 날 한 순간에 무릇 꽃은 피어났다
홀로 흐르는 꽃, 사랑인지 아픔인지도 모른 채
드러낼 수 없는 주홍글씨 가슴복판에 새겨 넣었다
한 남자가 한 여자를 만나 서로 사랑하는 일은
하늘이 만들어 낼 수 없는 감전 같은 끌림이었다
눈이 푹푹 쌓이는 밤 우리는 흰 당나귀를 타고
더러운 세상 버리고 산골로 가 마가리에 살자던
영원할 것만 같았던 천둥 같은 사랑의 설렘도
짧은 봄날 아지랑이가 되어 꿈으로 사라져갔다
건져내고 또 비워도 이내 한 가슴 다가만 오는
미워할 수도, 잊을 수도 없는 끝없는 그리움들은
서른 번 꽃이 피고, 또 서른 번 눈이 내려도
돌아올 줄 모르는 그 강물 같은 세월만 흘렀다
자야
그대 날 불러주듯, 난 그대 나타샤를 불러주리라
눈이 부신 면사포의 하얀 첫눈이 푹푹 나리는 날
당나귀 타고 그대 있는 곳 마가리로 달려가리라
오늘 꽃잎은 풀풀 나리고
돌아올 리 없는 그를 나는 아직 사랑하고 있다

*나와 나타샤와 흰 당나귀(백석)에서

제3부

중독

가려운 곳은 긁으면
더 가렵고 그리움도
긁으면 더 그립다
돌아서면
나도 모르게
또 긁고 있구나

4월 1일

그리움은 목을 죄며 죽었다
외로움도 가슴 뜯다가 죽었다
혼자 밥 먹고 노래하다
창밖을 내려다본다
장국영의 마지막 그 하늘
어색한 그의 미소가 떠오른다
하늘 참 맑기도 하다
떠나기 좋은 날이면
기다리기에도 더 없이 좋은 날
누가 또 나와 같은
만나야 할 사람을 만나고 싶다

사람과 사람

사람 위의 사람은
의무는 물론 사랑, 명예, 영혼까지 사고 판다

사람 아래 사람은
권리는 물론 부모, 자식, 건강까지 내다 판다

사람이라고 다 같은 사람이 아닌가 보다

낙엽

세월을 돌아 나온 건조한 얼굴
바라보는 꽃들의 시선이 아프다
바스락거리는 야윈 손 매만지며
푸른 시간들을 미소로 돌아본다

두 부류

세상엔 여러 부류의 사람이 있습니다
내게 욕해도 밉지 않는 사람과
칭찬만 들어도 미운 사람이 있습니다

겉으로 드러난 것이 전부는 아닙니다

잠 못 이루는 사람들

내일 일이 설레어 잠을 이루지 못한다는 사장
내일 일이 걱정되어 잠 못 이루는 사원들에게

장년

반환점을 돌아 한참을
이제 끝을 향해 달린다
휘청거리는 다리
가끔은 몽롱한 머릿속
시간을 더듬거리며
남은 진력을 다하고 있다
숨이 멈추는 날까지
뒤돌아볼 여유도 없이
종점을 향해 가는 막차는
버거운 짐 가득 싣고
어둠 속을
덜컹거리며 달리고 있다

바람이 분다

바람이 분다
너의 손길 같은 바람
숨결로
꿈결로
머리를 만지며 온다

바람이 분다
나의 눈물 같은 바람
그리움
기다림
얼굴을 적시며 온다

너는 바람으로 온다

낙엽 2

무심히 뚝 떨어져 주는 일
옆으로 슬쩍 비켜서는 일
기꺼이 거름으로 돌아가는 일
조금은 아쉽고
조금은 쓸쓸하지만
너를 위한
작은 무언의 배려이고
나를 위한 마지막
사랑의 고백이기도 하다

중독

가려움은 긁으면 더 가렵고
그리움도 긁으면 더 그립다
돌아서면
나도 모르게 또 긁고 있구나

나비가 온다

나비가 온다
내게로 온다
가을바람을 타고 내게로 온다
꽃을 잊었나
길을 잊었나
절룩절룩 춤추며 내게로 온다
날은 저물고
비는 머물고
시든 나팔꽃 두고 내게로 온다
꿈을 꾸는 듯
꿈에서 깬 듯
지난날 나를 쫓아 내게로 온다
그날을 뉘우치며
어제를 후회하며
떠나보낸 내 뒷모습으로 온다
돌아보니
아무도 없는
너를 쫓아 나비 되어 네게로 간다

쑥부쟁이

쑥부쟁이 하늘엔 기다림이 피었다
곁에서 웃는 건 전부 그리움인 듯
쑥부쟁이 노래는 가을을 태운다
화로 불에 발갛게 달아오른 얼굴로
가을 볕 비워놓고 그 사람을 기다린다

가을 한복판에 피는 꽃은
저리도 말간 시선으로 웃어서 그립고
가을 언저리에 지는 꽃은
애처로이 짓는 아픈 미소가 그립다
반짝하고 잃어버린 시간들이 스쳐간다

배롱

시들지 마라, 떠나지 마라
한 발 내디뎌도 가슴 내려앉는데

아흔아홉 여름날 피어나던 열꽃
선홍빛 동맥혈로 자꾸만 떨어지네

바람도 일기 전에 떠나가는 이여
눈물 속에 지는 흐려지는 얼굴이여

꽃이 지니 바람마저 흔들리누나
떠난 자리 서성이던 안녕이란 말

허리 굽은 배롱나무 그림자 위에
점점이 꽃으로 다시 또 떨어지네

시장

판다
다 파는 세상
자존심은 기본이고 알량한 양심까지
보란 듯이 내다 판다

산다
다 산다
가진 것 없는 놈은 어쩌자고 팔만한 것
눈 씻어도 하나 없구나

나에게

힘들면 힘들다고 말하자
아프면 아프다고 혼자라도 말하자
얼마나 성실하게 살아왔는지
가장 잘 아는 네가 아닌가

내 맘 모른다고 징징대지 말자
믿어 주지 않는다고 슬퍼하지 말자
얼마나 정직하게 살아왔는지
가장 잘 아는 네가 아닌가

욕심 부리지 말자, 미련 가지지 말자
지금껏 살아온 것도, 견뎌준 것도
험한 세상에서 대견한 일이지 않는가
이제 짐은 반쯤 내리고 가볍게 가자

중년(여)

얼굴 매만지며 웃어도
다시 꽃으로 돌아가지 않는다

세월을 돌아온 여자
돌아가지 못해 거울만 닦는다

중년(남)

입 만 서너 짐 지고
그 집 들어 살더니

나이만 한 짐 지고
혼자 집을 나서는구나

새 한 마리

가랑비 데리고 가을은 간다고
진눈깨비 뿌리며 겨울은 온다고
발간 까치밥에 깃든 새 한 마리
울음인지 노래인지 밤을 흔든다

관점

여자는 울면서도 거울을 보고
남자는 자면서도 미인을 본다
장주(莊周)가 새 보듯, 새 매미 보듯
자기는 못 보고
누구나 보고 싶은 것만 본다

도시 매미

울어라, 한 이레는 울어라
지쳐서 자지러지도록 울어라

시골보다는 더 크게 울어야
짝을 찾는다는 도시 매미처럼

꽁지 빠지고 허리가 휘도록
울어라 힘겨운 도시 사람아

약속 2

간다 간다 카는 년
아 서이 놓고 간다더니

온다 온다 카는 놈
날이 새도 안 온다네

위선

말 바꾸고 표정 바꾸고
태연히 낯빛까지 바꾸네

포장지를 바꾼다고
선물이 달라지진 않는데도

약속

주기로 한 약속은
어젯밤 꿈만 같고

받기로 한 약속은
돋보기처럼 환하다

야 인마~
네가 사기로 한, 술
언제 살래?

가난한 남자

그 남자는 운다
두 돌 되기 전에 떠난 그의 어머니는
마흔 돌이 지나서
아픈 숟가락 하나 들고 돌아왔다

가진 거라곤
겨우 끌고 다닐만한 두 다리와
텅 빈 가슴과
채우기 힘든 두 개의 숟가락이었다

어렵사리 눈 맞추던 뜨내기 여자
그의 빈손을 보고 표정 없이 떠났다

그 남자는 운다
텅 빈 가슴을 치며
없는 놈은 없는 게 마음 편하다고
사랑은 무슨 그건 사치였다고

가난한 놈은 사랑조차도 가난하다

까치밥

겨울 입구에 기대선 감나무
까치밥 한 덩이 매달아 놓았다

봄날은 아직 셀 수도 없는데
낯선 새 한 마리 찾아 들지 않네

몇 밤을 더 지새야 오시려나
가슴은 땡감으로 얼어만 가는데

이른 봄날 부음에
철렁
예사 하지 않게
내려 앉은 꽃
그렁그렁
눈물 달고 하얀꽃 상여
또
지나간다.

꿈

잠결인 듯 꿈결인 듯
배를 어루만지고
머리 쓰다듬으셨네
뒷산 가시기 전
넉 삼 년 전 그 모습으로

다시
눈 붙이고 밤새 기다려도
어머니
다시 오시지 않으시네

수국

미음 사발은 불어 터지고
어머니 미소는
백지장보다도 더 파리하다

이른 봄날 부음에
철렁
세상 하얗게 내려앉은 꽃

그렁그렁 눈물 달고
하얀 꽃상여 또 지나간다

어머니 분꽃

분꽃이 눈뜨네
분꽃이 환하게 웃어주네
분꽃이 피는구나 저녁밥 지어야지 라고
쌀쌀 보리쌀
어머니 쌀 이는 소리 간지럽게 들리는구나

기다림에 잠들쯤이면
자박자박 엄니 발걸음 소리 들려올 테지
해는 벌써 지고
분꽃은 다 피었는데
그 옛날 어머니는 돌아오지 않으시네

이제 어머니 따라 갈 날이 멀지 않았구나

찔레꽃

저만치 보이는 무덤가에는
옥식기 봉긋하게 눌러 담은
엄마가 갓 지은 이밥 한 그릇

다가서니 풀 먹인 옥양목에
한 모금 물 품어 놓은 듯이
촉촉히 이슬 젖은 하얀 꽃잎

돌아서는 발걸음 지켜보는
파리하도록 창백한 미소
눈 소복이 쌓이는 날까지도
빨간 눈망울로 기다릴 테지

송기

송화 피어나는 이맘때쯤이면
걸음까지 재바르신 울 엄마는
봄나물들 한 가득 뜯어 오셨지

나물 다래끼 크게 한입 물고 있는
삐죽삐죽 눈 맞추는 송기 들
조선낫으로 쓱 겉껍질 벗겨내면

달콤 떨떠름 입안에 퍼지는 향
엄니 미소만큼이나 내 눈 한 가득
봄볕 한창으로 머물러 있네

사랑니

내일이면 잊을 줄 알았는데
빈 가슴에 끓어오르는 답답함
한 열흘 앓아도
퉁퉁 부어 오른 먹먹한 응어리

매몰차게 뽑아내고서야
그게 사랑니인줄
대수롭지 않게 보내고 나서야
그게 사랑이었음을

야무지게 박혀있는 응어리 하나

한여름 밤

더위에 지쳐 불타는 듯 노을이지더니
어둠은 점점이 땀으로 하늘에 번지네

검은 산은 타다 만 노을 집어 삼켜도
들에 간 엄니는 아직도 돌아오지 않네

밤바람은 은빛 되어 개울물을 스치고
저 멀리 재촉하듯 다가오는 작은 그림자

부우부우 밤 부엉이 소리인지
엄니 물어갈 무서운 도깨비 소리인지

겨울보다 추운 한여름의 이른 밤이었다

예닐곱의 기억

중풍으로 누워있던 할매
벽장에 넣어둔 엿 꺼내려다
쿵 하고
방바닥에 넘어지셨다

할매 등에 올라서면
내가 꺼낼 수 있다고 했잖아

엿 안 먹는다고 울고 불고
할매 죽는다고 불고 불고

이맘때쯤이면(머루)

울 아부지 지게 가득 풀 짐 위엔
조롱조롱 새까맣게 박힌 눈알들
주렁주렁 넝쿨 주르르 쏟아지며
침 흘리는 내 눈과 딱 마주치자마자
새콤 달콤 두 눈 찡긋거리는구나

멀찍이 선 아부지 날 바라보시네

그냥 그런 줄 알았습니다

몇 개 남은 이를 빼신다는데도
눈이 많이 아프시다는데도
나이 드시면 그런가 보다 생각했습니다

소화가 안 되신다는 데도
병원에 안 가시겠다는 데도
늙으면 원래 그러는 줄 알았습니다

그냥 그런 줄 알면 안 되는 줄
내가 그 나이가 되어가며 알았습니다

코피 흘리던 날

여름을 벌겋게 태우던 날
아이는 또 코피를 흘렸다
돌덩이로 찧은 쑥 덩이로
두 콧구멍을 틀어막는다

돌들은 강 곁에 줄져 눕고
아이는 그 위 모로 누웠다
비릿함이 울컥 목을 넘고
향긋함은 코로 새어 든다

노랗게 물드는 하늘에
창백한 어머니가 보였다

휴지

태어나 단 한 번도
존중 받아본 적 없는
이름 같은 삶이었다

단 한 번도 나를 위해
살아본 적 없는
온전히
남을 위한 삶이었다

한 사람이 떠오른다

들꽃

가을 길 걷다가 문득 스치듯
기억에 머문 얼굴 하나 돋아나
무심히 오던 길을 뒷걸음친다

햇살 밝게 머무는 돌 틈 사이
옅은 향기 바람에 고개 내밀어
눈 감아도 단번에 너란 걸 안다

내 눈을 맞추던 옛날 그 눈빛
쓸쓸한 미소는 그날 그대로
내 가을은 아직도 아프다는 걸

사월엔

사월엔
꽃잎이 오고 또 꽃잎이 가고
꽃잎에 덮여 봄이 숨 가쁘다
사월엔
가슴이 뛰고 또 가슴이 타고
외로움 그리움이 숨 가쁘다
사월엔
꽃이 오듯 또 사랑도 오시길
봄비로 숨 가쁘게 가진 마시길

말하지 않아도

한참 동안 두 눈을 맞추었다
작은 흔들림에 귀 기울였다
바라보며 서로 미소 지었다

꽃이었고
바람이었다
말하지 않아도 그것은
사랑의 시작이며 고백이다

고백

여간해선 꽃처럼 예쁘다 말하긴 어렵다고
웬만해선 꽃보다 향기롭다 말하진 않는다고
어지간히 예뻐도 예쁘다고 말 안 하는데
어쩌다 비몽사몽 얼떨결에 그 말을 했단다

꽃보다 예쁘다고

매화, 너처럼

잡은 손 뿌리치고 눈물 떨구더니
거짓말보다도 더 새빨간 소문들만
귀에 속삭이며 여린 입술로 돋았네

바람은 바람으로 무심히 다가와
눈물 위에 떨어진 꽃망울 터트리면
언 땅 점점이 초경에 물들인다

푸르른 유두에서 돋아난 연두 빛
초록인가 싶더니 금새 청록으로
귀신도 모르게 낯빛 바꾸는구나

담쟁이

달빛 내리지 않아도
기댈 수 있는 어깨가 있고
아무런 말 없이도
안길 수 있는 가슴이 있다
서로에게
기댈 수 있음은 믿음이며
안길 수 있음은 사랑이다
거부하지 않는 묵언 위에
청록의 꿈은 유월을 덮는다
붉게 타던 단풍잎 져도
얼키설키 벽 위에 흔적들
유적에도 사랑은 또 꿈꾼다

상사화

그대 어제
서성이던 그자리
오늘 내가
말없이 기다린디

상사화여

붉은 입술 위에
눈물 고였네

벚꽃

겨울을 차고 막 깨어난 봄날
미소보다도 볼 불그스름하게
나뭇가지에 걸터앉은 음표들
바람 일 땐 꽃들의 화음이다

길모퉁이에 흩어져 뒹굴다
흥얼거림보다는 울먹임으로
힐끗 돌아보며 또 돌아보며
화선지에 주저앉은 눈물이다

드라이플라워

보고 싶다 그럴 때 잘난 척 뻐기는 놈보다
헤프지만 씩 웃어주는 놈이 더 인간적이다
꽃보다도 더 화려한 꽃
향기에 주눅 들지 미리, 기죽지도 마라
한때 꿈틀대는 생명 아닌 것 있었던가
누가 감히 꽃 아니라 비웃을 수 있겠는가
절정이 짧아서 꽃이 아름답다지만
묵힐수록 더하는 향기 있음도 우리는 안다

시들지 마라, 꽃이여

시들지 마라, 꽃이여
바람이 불어 차라리 뚝 떨어질지라도
시들지 마라, 꽃이여
밤새 맺힌 이슬에 눈 깜빡이는 어린 눈동자
충혈 되지 마라, 꽃이여

시들지 마라, 꽃이여
내가 시들어도 하얗게 시들어도
너 꽃이여, 시들지 마라
목젖이 보이도록 활짝 웃어라, 사랑스런 꽃이여
시들지 마라, 사랑이여

가지마다 목련 꽃이

가지마다 피어난다 꽃 같은 사람아
마디마다 저린 내 아픈 이름아
몇 계절이 가도록 참았던 그리움들
이쩌자고 저리도 하얗게 웃음짓는가

송이마다 돋아나는 그리운 사람아
이야기마다 떠오르는 고운 얼굴아
눈길도 걸음도 떼지 못해 아픈 나는
이제는 어쩌자고 또 보고픈 사람아

봄날

대성당의 종소리에
라일락 향기 너울로 흩어진다

돋아나는 연두 빛깔에 놀라
벚꽃 잎은 사방으로 흩뿌린다

봄날은
그리움마저 꿈꾸듯 혼미하다

가을꽃은 핀다

단풍 닮은 빛깔로 가을꽃은 핀다
너를 비켜가지 못하는 나처럼
계절을 비켜가지 못하고 가을꽃은 핀다
찬 서리 맞으면서노 가을꽃은 핀다
떠나가는 너를 보는 나처럼
떨어지는 낙엽을 보면서 가을꽃은 핀다

찬 바람 속에 피는 꽃은 아픔이다
가을꽃 향기는 눈물 빛이다
겨울을 재촉하며 피는 꽃은 목이 말라
서두르다 볕에 데인 붉은 상처뿐이다
사랑에 목이 말라 하얗게 피어난다
가을꽃은 상처 입은
여린 여인의 움츠린 어깨처럼 흔들리다

쑥부쟁이 2

가을 비 그치고 개인 아침
바람 불어도 눈물 달고도
미소 짓는 네가 있어 좋다

심심하면 바라보는 곳
늘 있었던 그 자리에서
나를 보는 네가 사랑스럽다

마음 없이는 보이지 않는
옅은 보라색 눈빛
나만 볼 수 있어 더없이 좋다

쑥부쟁이 3

네 이름이 뭐였더라
벌개미취
아니면 구절초
바람이 불디니
이슬방울 떨어진다

옛날
귀가 어두워
웃기만 하시던
할머니 옛 이야기 들린다
쑥 캐던
착한 부쟁이 딸

상사화여

바라보던 눈망울 속
한 송이 무릇 꽃이 피어나
내 두 눈을 파헤치고
움푹 가슴까지 들어왔다

두견이 울던 모춘삼월
지난날이 아득하기만 한데
꽃잎 바라보는 이방인
돌아서지 못해 서성이네

눈발

꽃이 놀던 그 언덕에
붉은 단풍이 내려앉더니

봄바람이 머물던 곳엔
서늘한 가을비 적시네

보송보송 붉은 두 뺨엔
푸석푸석 낙엽이 지고

창밖에 부는 첫 눈발에
가물가물 눈이 어지럽구나

그 자리엔

꽃이 핀 자리엔
노랗게 또 꽃이 피고
단풍 드는 길가엔
빨갛게 또 단풍 드네

함께 가던 그 자리에
꽃은 피었는데
손잡고 걷던 그 길에
단풍은 들었는데

나는 다툰다

나는 나와 다투고
나를 미워하고
스스로 상처 내고
끝내
화해하지 못하고
그냥 잊기로 한다

너 때문에 웃고
너 때문에 울고
하지만 결코
너 때문이 아니다
또
나는 나와 다툰다

낙타가 달린다

낙타가 달린다
사막에서 질주란
곧 죽음을 의미하지만

낙타는 달린다
빼앗긴 새끼를 쫓아
전력으로 달린다

어미는
죽음으로 내 달린다
모성은
죽음 너머에도 있다

마두금(馬頭琴)

거친 사막의 삶에는
모성본능에 우선하는
생존의 힘겨움도 있다

모성을 깨우는 소리
버린 새끼를 다시 품는
어미 낙타의 눈물

바람으로 켜는 농현은
마음을 씻는 의식
본능 하나씩 벗고 있다

돌덩이에 짓눌린 가슴들
마두금 소리 따라
솜처럼 풀어지고 있다

제5부

나는 없다

나는 없다

강

장강(長江)은 하루를 재촉하지 않는다
침묵으로 어제처럼 흐를 뿐이다
벌겋게 타오르는 여름 한낮에도
아무도 보지 않는 어둠 속에서도
쉼 없이 그 길을 걸어갈 뿐이다

흐르는 물은 뒤돌아보지 않는다
기억의 찌꺼기는 떠내려 보낼 뿐
비바람 눈보라가 몰아치더라도
도도히 흐르는 먼 역사 앞에서
흘려버린 시간은 꺼내보지 않는다

장강은 하루를 재촉하지 않는다
비록 잠시 머물러 있었을지라도
붉은 노을 어제처럼 강을 비추고
소소히 불어주는 선한 바람 함께
천천히 대지를 적시며 흐를 뿐이다

동행

내 발길 붙들고
말없이 한발 앞서 걸으며
세상으로 첫발 내 딛게 한 이여
내 눈부신 날엔 결코 나서지 않는
겸손한 이여
힘들어 좌절 할 때도
아파 울 때도 떠나지 않고
함께 내 곁은 지켜주며
묵묵히 따라와 준 언덕 같은 이여
이제 겨울 앞에선 단풍처럼
검붉은 노을을 향해 걷다가
뒤돌아보면
지쳐 날 따라오지 못하고
발목 잡고 길게 늘어지는 이여
내가 너이고
네가 바로 나인
타는 노을 속으로 함께 사라질
우리 이별이 그리 멀지 않았구나
나의 그림자여

우리 손잡고 걸어요

우리 손잡고 걸어요
그대 작은 어깨 어루만지는
따스한 햇살에 스치듯 기대어
천천히 이 가을을 걸어요
서로 말 없어도 마냥 떨려오는
들꽃들의 사랑스런 얘기 들으며
이 길을 함께 걸어요

가끔은 두 눈 맞추며
쑥부쟁이 미소 짓는 그대여
연보랏빛 꽃잎이 내려와
내 입술 위에서 파르르 떨리네요
뛰는 심장 두 손으로 꼭 잡고
흔들리는 꽃잎들의 노래에
발을 고쳐 그대 발걸음에 맞춰요

가을은 어디쯤에 있나요
나의 가을은 이미
그대 가슴 한 복판에 가 있어요
심장소리 호흡소리 들으며
숨죽여 그대의 가을을 기다려요
저 길 모퉁이 돌아서면
이제 손 잡고 걸어요
세상 끝까지 꼭 잡고 걸어요

피아노

피아노 소리 들린다
귀에 익은 멜로디가 들려온다
새순이 막 돋은 감 잎에 봄비가 내린다
처마 밑에서 빗방울 소리가 뒤어 오른다
옆집에 세 들어온 선생님은
처음 보는 커다란 피아노를 가지고 오셨다
맑은 날에도 선생님 집에선 비가 내렸다
기웃거리기만 하고 문을 열어 보진 못했지만
문틈으로는
건반보다 하얀 선생님 손이 눈에 남아 있다
비 오는 날에는 피아노 소리 들린다

그대 나를 몰라도

모른 척 지나쳐도 나는 압니다
억지로 고개 돌리지 않아도
그대 그림자 끝에 늘어집니다
물색 맑은 바람에
한 점 후리지아 향기가 흘러도
나의 그대임을 단박에 압니다

우연이라도, 우연으로라도
눈이 마주친다면
깨진 햇볕에 시간은 멈춥니다
모른 척 지나쳐도 나는
그대 발자국에 고여 있습니다
저만치 가도
한참을 가더라도, 결국은 다시
돌아올 것을 믿기 때문입니다

불계지주

붙잡지 못해 아픈 사랑
떠나지 못해 우는 빈 배

바람이 드세게 불던 날
사랑은 웬수가 되었다고

매어둔 줄 스스로 뚝 끊고
달빛 외로운 밤바다로
빈 배는 파도에 밀려간다

그 사람도
세상 접고 산으로 떠났다

대관령

대관령 넘어 바다 보러 간다
이순이 코앞인데 혼자 무슨 바다냐고
설렘이야 예전만 할까마는
바다에 빠진 그 시퍼렇던 이야기들
그물채 끌어다가 넘치도록 꼭 안으면
세상 때 조금은 벗겨지지 않을까 하고
그래도 펄펄 뛰는 남는 바다 있으면
한 가득 눈에 담아 다시 돌아 넘기를

밥만 먹는다

일하지 않아도
글 한 줄 읽지 않아도 밥은 먹는다

비가 그치는지
꽃잎이 지는지 몰라도 밥은 먹는다

굶는 이웃
죽어가는 아이들 영상을 보면서도
나는 아무 생각 없이 밥은 먹는다

엄마 빈소에서도 살자고 먹었으니 뭐

뒤돌아보지 마라

뒤돌아보지 마라
우리 사랑도 내일이면 지나간다

못 잊어 아픈 것도 한 때
흐르는 것이 강물만은 아니다

슬퍼하지도 서두르지도 마라
지나간 길엔 발자국도 없으니

그대로 두어라

스스로 그러하듯 그대로 두어라
머무르지 않고 오가는 바람이다
마음 조리지 않아도 봄은 온다
바람 불지 않아도 지는 꽃잎처럼

떠나간다고 애태우지도 마라
그 자리엔 오는 자로 채워진다
언제나 말없이 흐르는 강물처럼
스스로 그러하듯 그대로 두어라

사는 게 다 바람이다

왔다가 무심히 가는 머무르지 않는 것이 바람이다
늘 머물러 주기 바랐던 너의 이름 같은 것이 바람이다
밤새워 부르는 이름에 가슴 타 들어가는 그 절절함도
손에 쥐어 든 바람일 뿐이다
봄은 꽃잎을 날리고 가을은 기다림마저 날려버린다
못 잊는다 울고 불던 사랑도 내일엔 기억마저 희미하게
왔다가 사라지는 바람일 뿐이다

나는 없다

만나지 못해 헤맨 시간과
만나서 아파한 시간을 빼면
너는 몰라도,
나는 결코 아무것도 없다

그 골짜기에서

누구도 지나간 흔적조차 없는 골짜기로 들었다
음습한 기운이 등을 타고 올라와 목을 감았다
물소리마저 들리지 않는 세상의 시간이 머문 곳
제 멋대로 굴러온 돌들은 이끼를 뒤집어쓴 채
서로의 이마를 맞대고 있다
낙엽들의 바스락거림보다 침묵을 깨우는 건
낯선 인기척에 마주친 그들의 서늘한 눈빛
조심스레 더듬거리던 걸음마저 헛디디고 있다
세상을 거부하듯 늙은 다래나무는 이리저리
하늘도 없는 골짜기를 오늘도 얽어매고 있다
더 이상 길은 없다
세상으로 나갈 수 있는 길은 없다
신작로도 아닌 걸어왔던 세상 속 그 좁은 길로
벌써 돌아가려 꿈꾸는지도
발목이 부러진 고라니의 처연한 눈빛을 보며
세상과의 경계에서 우리는 망설이고 서 있다

선생님

알 듯 모를 듯 다가온 열 넷의 설렘
서울에서 오신 스물넷의 선생님은
첫눈에 철렁 가슴 복판으로 들어왔다
과수원 옆길에 핀 아카시아 꽃보다도
더 달콤한 향기가 있음을
바람에 흔들리는 코스모스가 예쁜지를
그 무렵부터 알게 되었다
커다란 단추가 매달린 긴 목걸이에
햇빛 반짝거리며 눈이 부신 날
파리한 붓꽃 그려진 연못이 떠오르는
짙은 두 눈을 나는 잊을 수 없었다
그 즈음 하루에도 몇 번씩 세수하고
거울을 보며 면도 흉내를 시작했다
울긋불긋 여드름이 나기도 전에
여름 소나기처럼 그렇게 왔다가
사진 한 장 없이 이름만 두고 가셨다

마흔 해를 간직해도 바래지 않는 이름
내일 첫사랑 같은 그를 만나러 간다

선생님 2

사십 년 세월은 없었다
마음은 시간의 흐름과 무관함을
몇 마디 목소리로도
잊었던 기억이 송두리째 뛰어나온다
예전에 입었던 옷을 펼쳐 보이듯
그 옷에 꼭 맞는 시절로 이내 돌아갈 수 있었다
짧은 순간 눈앞이 젖어 아른거렸지만
흰머리 주름살 속에 간직해오던
기억의 속고갱이 하나씩 찾아 펼치며
그때 그 미소 그 웃음으로 돌아갔다
마치 어제 일처럼

상고대

바람을 탓하랴
무서리를 탓하랴
죽어 천년
질긴 기다림에도
눈 감지 못한 혼백
헐벗은 나신(裸身)에
칼날 위를 걷는
예리한 자해
하얗게 솟구쳐
커켜이 응고된
눈부신 혈흔이다
죽어도
죽지 못하는 건
삶보다 고통이다

눈부시게 맑은 날

비바람 흩뿌린 다음 날
침침한 눈에도 보이는 먼 가을 하늘
티 하나 없는 아이눈 마냥
하늘빛은 맑은 물속 같다
오늘은 바늘귀로도 하늘이 꿰일 듯
마음속까지도 훤히 다 보일 듯
오늘은 돋보기를 꺼내지 않기로 했다
어제의 하찮은 것들을 걷어내고
맑은 하늘을 가슴에 가득 채우는 날
오늘은
사랑하는 눈으로 나를 보기로 했다

사는 이유

우리는 때때로
죽어야 하는 백 가지 이유보다
살아야 하는 한 가지 이유 때문에
눈물을 삼키며 다시 일어선다
우리는 때때로
가지지 못한 백 가지 욕심보다
가진 한 가지 작은 만족감으로
남은 삶을 기꺼이 웃으며 살아간다
삶이란 이유가 아닌
살아 있는 그 자체가
모든 가치에 우선하기 때문이다
살아있는 이여 모두 웃어요
당신의 존재는 세상의 전부입니다
당신의 활짝 웃는 웃음이
우리가 살아야 하는 이유입니다

낙엽 3

세상 한 가득 두 눈에 담고
두 볼 위에 떨어지는 눈물과
조금은 쓸쓸하지만 마지막 체온을 남기고
바람에 묻어 떠나가리라
놓지 못해 움켜쥔 것들 아직 산더미보다도 큰데
기억은 점점 아득하기만 하다
다시 돌아 볼 무엇과, 귀 기울일 그 무엇도
기다리지 않는 바람에 흘려보낸다
놓으리라 그리고
붉은 노을을 향해 왔던 길을 웃으며 돌아가리라
마주 걸어오는 아름다운 이에게 내 기꺼이
한 걸음 길을 비켜 서 주리라
그리고 환한 미소로 행복하라 인사하리라

눈사람

내게 말 한마디 없어도 괜찮습니다
유심히 바라보지 않아도 좋습니다
늘 그랬던 것처럼
멀찌감치 그 자리에 서 있기만 하시면
미소로 몰래 먼저 다가가겠습니다
그냥 모르는 척
못이기는 척 웃어만 주셔도 좋습니다
당신은 이미
내 가슴에 쌓여 녹아내릴 수 없는
한 사람이 되어 함께하기 때문입니다

나야 모르지요

나야 모르지요
우연히 미소로 처음 만나던 날
솜처럼 따신 볕에 졸고 있는 바람
꽃들이 두근두근 떨리던 이유를

나야 모르지요
당신이 처음으로 힘들어 울던 날
가을비에 쓸려가던 나뭇잎이
아른아른 가슴을 아프게 할 줄은

나야 모르지요
끝내 선 웃음 지으며 돌아서던 날
다시 돌아올 수 없는 강물 하나
고운 두 눈에 가득 숨긴 이유를

사다리

쉬이 잡을 수 있는 것은 없다
손끝에 스치는 것은 바람뿐이다
전력으로 뛰는 경주 개처럼
머이는 언제나 한 걸음 앞에 서있다
지쳐 쓰러질 때까지
뒤돌아보지 않고 오르는 일

오르는 이유마저 잊어도
허공을 향해 두 손을 내젓는
세상을 잡으려는 허상의 갈구이다
더 이상 오를 수도 없는 곳까지
앞만 보고 오른 그 끝에는
한줌조차 잡을 수 없는 바람뿐이다

잠 못 이루는 밤

창을 타고 흐르는 빗물
도시 불빛에 젖어 흐르고
치자 꽃 머리에 꽂은 여가수의
검은 째즈가 가슴에 내린다
사랑해 사랑해 라고

헤매다 돌아온 긴 나의 하루가
소파 위에 쓰러져
눈을 감고 또 감아도 보이는 건
충혈 되어가는 내 붉게 멍든 창
사랑해 사랑해 라고

잠들지 않는 밤은 누일 곳 없고
불 꺼진 창엔 검은 눈빛 만
흘러내리는 젖은 불빛에 가려
불러도 들리지 않는 노래 부른다
사랑한다고 사랑한다고

새벽

문드러진 희미한 새벽 달빛
여명에 젖은 푸른 밤 바람
파리하게 빛나는 도시의 얼굴
예리하게 바람을 찌르고 있다

달빛에 삭아 드는 눈빛
지난밤 이슥하도록 그린 화장
문질러 지우고 또 지우고
창백한 얼굴에 소주 한잔으로
다시 붉은 핏기를 그린다

어제였거나, 지난 봄이었거나
다시 올 수도 없지만
안개 속으로 떠난 너는
바람처럼 다시 불어 오기를

기다림

발간 까치밥 위에
하이얀 눈이 쌓였다

모자 깊이 눌러쓰고
겨울밤을 서성인다

가지는 또 흔들리고
기다림도 또 흔들린다

석주 길에서

산이 좋아 산에 들고
꽃이 좋아 꽃이 되었네
가을바람이 부는데도
봄이 그리워
단풍은 꽃으로 물들어가네

두 이름 아래 발 디디고
옛 노래 위에 다시 서니
뜨겁게 뛰는 가슴으로
그날처럼
꽃잎은 물 위를 흩날리네

사랑하려거든 그들처럼

그 여자

품위도 볼품도 없이 입만 있는 그 여자
달라붙은 떡 진 머리카락 늘어뜨리고
치켜보며 짓는 미소는 소름보다 섬뜩하다

말하는 본새는 누가 봐도 본데없음을
입 냄새보다 더 역겨운 천박한 언어로
쉴 새 없이 헐뜯는 입은 듣기조차 힘겹다

선웃음에도 배어 나오는 가면 속의 위선
거짓말은 또 다른 거머리로 달라붙는다
쉼 없이 튀는 그 비말은 전염보다 무섭다

참을만하거든

한숨 지어도 참을만하거든
눈물 흘려도 견딜만하거든
그러려니 하고 한번 살아보자
늘 흐린 날만 있는 것도
늘 맑은 날만 있는 것도 아니듯
지치도록 울어도 봄은 오고
기뻐 울어도 그 봄 또한 간다

추위

바람 한 점
바늘 귀 틈새까지 기어 들어
서슬이 퍼렇도록 얼어붙었다
서리꽃으로 돋아나는 소름
달라붙는 냉기에 몸서리친다
목도리로 목을 점점 죄여도
이는 이끼리 또 딱딱거리며
우리도 우리끼리 또 부딪는다
아, 그래도
따뜻한 국물 같은 네가 좋다

라면 냄비 받침으로 좋을

이복수 지음

발행처 · 도서출판 청어
발행인 · 이영철
영   업 · 이동호
홍   보 · 천성래
기   획 · 남기환
편   집 · 방세화
디자인 · 이수빈 ┃ 김영은
제작이사 · 공병한
인   쇄 · 두리터

등   록 · 1999년 5월 3일
(제321-3210000251001999000063호)

1판 1쇄 발행 · 2021년 2월 20일

주소 · 서울특별시 서초구 남부순환로 364길 8-15 동일빌딩 2층
대표전화 · 02-586-0477
팩시밀리 · 0303-0942-0478

홈페이지 · www.chungeobook.com
E-mail · ppi20@hanmail.net
ISBN · 979-11-5860-927-6(03810)